MW00899030

Dors bien, petit loup

Sleep Tight, Little Wolf

Un album illustré en deux langues

Ulrich Renz · Barbara Brinkmann

Dors bien, petit loup

Sleep Tight, Little Wolf

Traduction:

Céleste Lottigier (français)

Pete Savill (anglais)

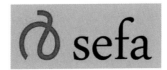

Téléchargez le livre audio à l'adresse:

www.sefa-bilingual.com/mp3

Accès gratuit avec le mot de passe:

français: **LWFR1527**

anglais: **LWEN1423**

Bonne nuit, Tim! On continuera à chercher demain.
Dors bien maintenant!

Good night, Tim! We'll continue searching tomorrow.
Now sleep tight!

Dehors, il fait déjà nuit.

It is already dark outside.

Mais que fait Tim là?

What is Tim doing?

Il va dehors, à l'aire de jeu.

Qu'est-ce qu'il y cherche?

He is leaving for the playground.

What is he looking for there?

Le petit loup!

Sans lui, il ne peut pas dormir.

The little wolf!

He can't sleep without it.

Mais qui arrive là?

Who's this coming?

Marie! Elle cherche son ballon.

Marie! She's looking for her ball.

Et Tobi, qu'est-ce qu'il cherche?

And what is Tobi looking for?

Sa pelleteuse.

His digger.

Et Nala, qu'est-ce qu'elle cherche?

And what is Nala looking for?

Sa poupée.

Her doll.

Les enfants ne doivent-ils pas aller au lit ?

Le chat est très surpris.

Don't the children have to go to bed?

The cat is rather surprised.

Et en voilà encore d'autres qui arrivent!

Le papa de Marie. Le papi de Tobi. Et la maman de Nala.

More of them are coming! Marie's dad.

Tobi's grandpa. And Nala's mum.

Vite au lit maintenant!

Now hurry to bed everyone!

Bonne nuit, Tim!

Demain nous n'aurons plus besoin de chercher.

Good night, Tim!

Tomorrow we won't have to search any longer.

Dors bien, petit loup!

Sleep tight, little wolf!

Cher lecteur, chère lectrice,

je suis content que vous ayez découvert mon livre ! Si vous (et surtout votre enfant) l'avez aimé, parlez-en autour de vous, et partagez via Facebook ou par e-mail :

www.sefa-bilingual.com/like

Je serais également très heureux si vous laissiez un commentaire ou une critique. Les commentaires et „J'aime" font le bonheur des auteurs, merci beaucoup !

Veuillez patienter s'il n'y a pas encore de version audio dans votre langue ! Nous nous efforçons de publier autant de langues que possible en version audio. Vous pouvez vérifier les disponibilités sur notre site :

www.sefa-bilingual.com/languages

Laissez-moi me présenter brièvement : Je suis né à Stuttgart (Allemagne) en 1960, avec mon frère jumeau Herbert (qui est aussi devenu écrivain). J'ai étudié la littérature française et quelques langues à Paris, puis médecine à Lübeck (Allemagne). Mais ma carrière de médecin a été de courte durée, car le monde du livre est vite devenu ma passion : j'ai d'abord édité des livres médicaux, puis écrit des livres documentaires et des livres pour enfants.

J'habite avec ma femme Kirsten à Lübeck dans le nord de l'Allemagne, nous avons trois enfants (maintenant adultes), un chien, deux chats et une petite maison d'édition : Sefa Verlag.

Si vous voulez en savoir plus sur moi, rendez-vous sur mon site, où vous pouvez aussi entrer en contact avec moi: **www.ulrichrenz.de**

Bien cordialement,

Ulrich Renz

L'Illustratrice

Barbara Brinkmann est née à Munich en 1969 et a grandi dans les contreforts bavarois des Alpes. Elle a étudié l'architecture à Munich et est actuellement associée de recherche à la Faculté d'architecture de l'Université technique de Munich. En outre, elle travaille en tant que graphiste, illustratrice et écrivaine indépendante.

www.bcbrinkmann.de

Tu aimes dessiner ?

Ici tu trouves toutes les images de l'histoire à colorier :

www.sefa-bilingual.com/coloring

Amuse-toi bien!

Le petit loup vous recommande aussi:

Ulrich Renz · Marc Robitzky

Les cygnes sauvages
The Wild Swans

D'après un conte de fées de

Hans Christian Andersen

sefa

+ audio

français   bilingue   anglais

ISBN: 9783739959023

Les cygnes sauvages

D'après un conte de fées de Hans Christian Andersen

▶ Âge de lecture : 4-5 ans et plus

▶ avec livre audio à télécharger

„ Les cygnes sauvages », de Hans Christian Andersen, n'est pas pour rien un des contes de fées les plus populaires du monde entier. Dans un style intemporel, il aborde les thématiques du drame humain : peur, courage, amour, trahison, séparation et retrouvailles.

Disponible dans vos langues?

▶ Consultez notre „Assistant Langues" :

www.sefa-bilingual.com/language-wizard-swans

ISBN: 9783739960067

Mon plus beau rêve

▶ Âge de lecture : 3-4 ans et plus

▶ avec livre audio à télécharger

Lulu ne peut pas s'endormir. Toutes ses peluches sont déjà en train de rêver – le requin, l'éléphant, la petite souris, le dragon, le kangourou et le bébé lion. Même Nounours a du mal à garder ses yeux ouverts ...
Eh Nounours, tu m'emmènes dans ton rêve ?
C'est ainsi que Lulu part en voyage qui l'emmène à travers les rêves de ses peluches – et finalement dans son propre rêve, le plus beau rêve.

Disponible dans vos langues?

▶ Consultez notre „Assistant Langues" :

www.sefa-bilingual.com/language-wizard-dream

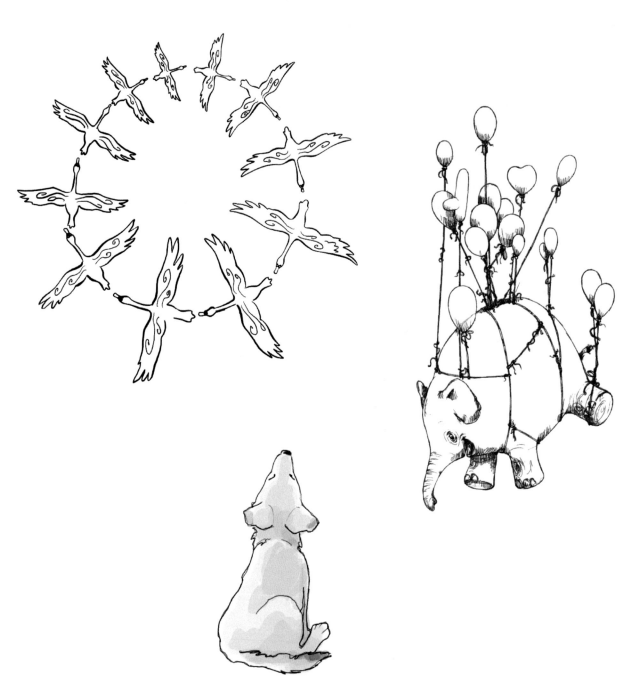

Rendez-nous visite !
www.sefa-bilingual.com

Plus de moi ...

Bo & Friends

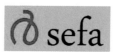

IT: Paul Bödeker, München, Germany

Font: Noto Sans

ISBN: 9783739906027

Version: 20190101

Made in the USA
Coppell, TX
02 December 2020